LA GRAMMAIRE DE L'AMOUR

A L'USAGE DES GENS DU MONDE

PAR

A. VÉMAR

Auteur du *Dictionnaire de l'Amour* et du *Code de l'Amour*.

TROISIÈME ÉDITION, REVUE ET CORRIGÉE

---

50 centimes

PARIS
A. TARIDE, LIBRAIRE-ÉDITEUR
2, RUE DE MARENGO
(Ancienne rue du Coq-Saint-Honoré)
1859

GRAMMAIRE
DE L'AMOUR

LIBRAIRIE D'ALPHONSE TARIDE

Le Médecin de tout le monde à la maison, par le docteur AL. VALTIER, de la Faculté de Paris. 1 vol. in-18. 1 fr.

Manuel de l'économie élégante, par Mme CONSTANCE AUBERT. 1 vol. in-18. . . . . 1 fr.

De l'usage et de la politesse dans le monde, par Mme la baronne DE FRESNE. 2e édition. 1 vol. in-18. . 50 c.

Nouveau Guide complet de la danse, par M. PHILIPPE GAWLIKOWSKI, professeur de danse à Paris. 2e édition. 1 vol. in-18, avec gravure. . . . . 1 fr.

Le Jardinier des salons, ou l'Art de cultiver les fleurs, dans les appartements, sur les croisées et sur les balcons, par YSABEAU. 1 vol. in-18, orné de jolies grav. 1 fr.

Nouveau Langage des fleurs, des dames et des demoiselles, par Mme la baronne DE FRESNE. 2e édition. 1 vol. in-18, orné de 48 gravures coloriées. . . 1 fr.

Le Mérite des femmes, poëme, par GABRIEL LEGOUVÉ. Nouvelle édition, par J. ANDRIEU. 1 joli vol. in-18. 50 c.

Le Canotage en France, par MM ALPHONSE KARR, LÉON GATAYES, le vicomte DE CHATAUVILLARD, GILBERT VIARD, LUCIEN MÔRE, EUGÈNE JUNG et FRÉDÉRIC LECARON, membres de la *Société des Régates parisiennes*. 1 beau vol. in-18. . . . . 2 fr.

Guide pour le choix des lectures dans le monde, par JULES ANDRIEU. 1 vol. . . . . 1 fr.

L'Amour en chansons, Chants de tous les pays, par JULES ANDRIEU. 1 vol. in-18. . . . . 50 c.

Grammaire de l'amour, à l'usage des gens du monde, par M. VÉMAR. 3e édition, revue et augmentée. 1 vol. in-18 . . . . 50 c.

Nouveau Dictionnaire de l'amour, à l'usage des gens du monde, par A. VÉMAR. 1 vol. in-18. . . . . . . 1 fr.

Nouveau Code de l'amour, à l'usage des gens du monde, par A. VEMAR. 1 vol. in-18. . . . . 50 c.

Rien à mettre ou Crinoline et misère, poëme de WILLIAM ALTEM BUTLER, traduit par ALBERT LEROY. 1 vol. in-18. . . . . 30 c.

La Mort, par M. W. FONVIELLE. 1 vol. in-18. . . 50 c.

L'Oracle des dames et des demoiselles, par EZÉCHIAS. 2e édition. 1 vol. in-18 . . . . 50 c.

Physiologie des salons de Paris, de 1789 à 1859, par LOUIS LACOUR. 1 vol. in-18. . . . . 1 fr.

PARIS. — IMPRIMERIE DE J. CLAYE, RUE SAINT-BENOIT, 7

GRAMMAIRE

DE

L'AMOUR

A L'USAGE

DES GENS DU MONDE

PAR

A. VÉMAR

Auteur du Dictionnaire de l'Amour et du Code de l'Amour.

TROISIÈME ÉDITION, REVUE ET AUGMENTÉE

> Le soleil donne la lumière, l'abeille donne le miel, le jardin donne la rose, l'arbre donne l'ombrage, la terre donne le repos, le riche donne son or, le pauvre donne son labeur, le soldat donne la paix, le prêtre donne le ciel, le poëte donne son génie; mais la femme seule donne... le bonheur.

PARIS

TARIDE, LIBRAIRE-ÉDITEUR

2, RUE DE MARENGO (ANCIENNE RUE DU COQ)

1859

PRÉFACE

Ami lecteur, ne vous fâchez pas, cette *Grammaire* est une plaisanterie.

Elle est dédiée, du reste, à des gens bien élevés, et qui connaissent la Grammaire de l'amour mieux que leur nouveau professeur.

L'amour et la Grammaire sont deux choses essentiellement différentes, on quitte l'une pour apprendre l'autre ; il n'y a et il n'y aura jamais de *véritable* Grammaire de l'amour.

Comment créer des règles en amour, quand, presque toujours, le hasard, l'imprévu et le merveilleux font loi ?

Ce siècle a dompté la foudre, il fera peut-être de grands miracles encore, mais le *petit dieu* qui nous gouverne ne sera jamais soumis à des règles étroites, et le *fil électrique* de l'amour est aussi introuvable que la quadrature du cercle.

Voilà la seule règle qu'affirme votre Grammairien.

Prenez cependant mon livre, qui ne vous apprendra rien, absolument rien ; mais il est si bon marché, si rose, si mignon, si coquet, et puis, c'est une *Grammaire* après tout, et, par ces temps de candidatures académiques, il est bon d'avoir une Grammaire sous le bras, *cela pose*.

Si vous avez un cadeau à faire à une amie, et que vous ne vouliez pas dépasser le prix d'un bouquet, prenez ma Grammaire.

N'est-ce pas une économie superbe ?

Si vous allez à la campagne chercher des rhumatismes, ou aux eaux pour les chasser ; vous pouvez encore prendre ma Grammaire. Rien ne s'oppose à ce qu'elle prenne place dans votre sac de nuit, entre votre bonnet de coton et votre gilet de flanelle (si toutefois vous portez ces pardessus hygiéniques).

Allez-vous faire une visite chez des joueurs

de boston et voulez-vous dormir tranquillement en un coin du salon, prenez toujours ma Grammaire.

Ah! en omnibus, par exemple, ne l'oubliez pas, vous vous sauverez ainsi d'une conversation fort ennuyeuse avec votre voisin (la pire espèce de fâcheux que celle du voisin d'omnibus, et que Molière ne connaissait pas).

Ma Grammaire est une véritable grammaire de poche (pocket-grammar, comme disent ces Messieurs du faubourg d'Albion, de l'autre côté de l'eau).

Un grand mérite du petit livre : il ne dit du mal de personne.

Il n'insulte ni M. X..., le banquier, ni M. Y..., le journaliste, ni madame Z..., la célèbre actrice.

Vous ne trouverez dans ses pages ni drames, ni assassinats, ni poignards.

Ni descriptions de salle à manger, ni de couchers du soleil, ni de cavernes de brigands.

Vous trouverez peut-être souvent le mot *amour*; où est le mal? c'est un mot que l'on aime à prononcer, à épeler, à balbutier et à répéter de dix-huit ans à... toujours, je crois.

Il n'y a pas dix mots latins,
Ni deux de morale.

(Il n'est pourtant pas immoral, le petit livre.) Oh ! non.

— Mais que renferme donc votre Grammaire qui n'est pas une grammaire ? vous écriez-vous. Qu'est-ce que ce petit livre ?

— Un nouveau livre, édité d'hier et réédité d'aujourd'hui. Mais, hélas! qui n'a jamais été médité.

Lisez-le tout de même ; tenez, un conseil, tout bas, dans l'oreille. Achetez-le et ne le lisez pas, c'est convenu, n'est-ce pas ?

Après tout, le titre vaut bien cinquante centimes.

— Dix centimes, à la bonne heure.

— Va pour dix centimes, et la jolie couverture ne vaut-elle pas quarante centimes ?

— Vingt centimes tout au plus, et encore, et encore.

— Mais l'épigraphe, ah ! l'épigraphe, je vous tiens là pour peu que vous soyez confiseur, vaudevilliste ou collégien.

— Quant à l'épigraphe, c'est vrai ; mais elle est, je crois, un peu vieille.

— Vieille, vieille, mais, après tout, est-ce que le libraire vous demande une pièce neuve, lui?

— C'est juste; mais pourquoi ne l'a-t-on pas mise sur la couverture, votre épigraphe.

— Pourquoi? je vous dirai cela à la quatrième édition.

INTRODUCTION

La Grammaire de l'amour est l'art d'aimer et de plaire.

Pour aimer et pour plaire, il faut obéir à la voix de la nature, qui nous a doués d'armes offensives et défensives.

Les armes offensives sont la beauté, la jeunesse et l'esprit.

Les armes défensives sont la laideur, la sottise et la vieillesse.

Ces dernières émoussent les meilleures lames.

Il y a aussi des armes moins naturelles, que j'appellerai *surnaturelles*. Elles sont même assez variées : il y en a de jaunes, de blanches et de grises, je veux dire l'or, l'argent et les billets de banque. Ces armes, quoique tenues par des mains affaiblies par les années, sont toutes-puissantes ; et l'on connaît le pouvoir d'un cachemire, d'un coupé et d'une rivière en diamants.

Dans cette dernière se sont noyées bien des vertus, mais des vertus qui ne voulaient pas nager assurément.

Pour aimer on est généralement deux, quelquefois trois, mais cela devient fort... difficile. (Voir les *Fraises*, *Bijou perdu*.)

Il y a beaucoup de personnes disposées à se laisser aimer.

Il y a même une assez belle variété de dames et de jeunes filles qu'on aime sans motifs, pour certains motifs et pour le bon motif.

Il y a d'abord..., mais ne nous brouillons pas avec ces dames.

A qui donnerai-je la préférence ?

Est-ce à la grande dame, dont le sourire dédaigneux a pourtant son petit quart d'heure d'humanité ?

Ou à la gentille ouvrière dont les lèvres roses cachent parfois bien des noirceurs ?

Bref, je choisis au hasard dans ma riante galerie vivante.

Il y a :

La jeune fille qui sort du couvent ou de pension,

La petite bourgeoise de la rue Saint-Denis,

La pianiste, la blanchisseuse du quartier Latin, la baronne, l'actrice, le bas-bleu, la provinciale, la modiste,

La demoiselle de magasin, la lorette,

Et la femme de quarante ans.

J'oubliais la vieille fille ; ombre de Balzac, pardonne-moi.

La vieille fille, cet ange immaculé, qui porte des socques et un mouchoir à carreau, qui prise et qui joue au loto, qui a un rhume (n'en a-t-elle qu'un ?), et qui sait faire des gâteaux de riz.

O vieille fille, toi qui, ne pouvant te sacrifier sur l'autel de l'hyménée, toi dont le cœur ardent a toujours vingt ans, et qui aimes à la fois deux perroquets, un kings-charles, trois chats et parfois une armée de serins ! ô *Virginie !* à toi ces quelques lignes.

Je pourrais encore nommer quelques-unes de ces dames, mais je crains de faire des personnalités.

J'avais l'intention de développer chacun de ces types dans un chapitre spécial ; mais le lecteur a trop d'esprit ou plutôt trop de cœur pour ne pas y suppléer, ne serait-ce que par le souvenir.

D'ailleurs, je n'écris pas pour instruire (et pour cause, ami critique).

Je ne m'étendrai donc pas davantage sur la charmante variété de fleurs qui croissent dans le riche parterre féminin.

Il y a aussi une grande variété d'amoureux.

Pour aller par gradation, il y a :

Le collégien,

L'étudiant de troisième année, le militaire, le dandy,

L'artiste, le danseur, le don Juan,

Le boursier, le propriétaire,

Et le père de famille.

Je ne parlerai pas de celui-ci, qui n'appartient plus qu'à sa moitié et qui naturellement ne m'appartient pas.

Les variétés masculines sont classées en deux groupes fort distincts :

Les coqs et les pigeons, ou les trompeurs et les trompés.

Il y a pourtant de jeunes coqs qui meurent vieux pigeons.

Il y a de même de jeunes pigeons qui deviennent de vaillants coqs.

Chacun aime à sa manière.

Il y a donc mille sortes d'amours, ce qui est fort agréable, et excuse les infidèles qui veulent toujours feuilleter du neuf, et tombent souvent de Charybde en Scylla.

Il y a l'amour gai et l'amour triste.

Il y a l'amour timide et l'amour hardi.

L'amour d'une soirée et l'amour éternel, qui est le seul vrai.

L'amour fiévreux, l'amour papillon, l'amour à l'eau de rose, l'amour champêtre, l'amour féroce, l'amour factice,

Et l'amour conjugal.

Il y avait bien l'amour platonique, mais les dieux s'en vont, comme chacun sait.

L'amour ne se commande pas. Je parle du vrai.

L'amour fleurit en toutes saisons, sous tous les climats, dans presque tous les cœurs.

Il naît comme la fleur ou l'oiseau, et s'évanouit comme un sylphe qu'il est.

L'amour est insaisissable, mais très-visible, n'est-ce pas, charmantes lectrices?

Il a le don de transformer, d'élever, d'embellir et toujours d'animer le cœur où il réside.

Grand souverain, il donne de l'esprit et il en enlève aussi parfois.

Il intimide les plus braves, et donne du courage aux plus poltrons.

Il donne aux sages la folie, il enseigne aux fous la sagesse.

Il apporte la richesse aux pauvres et conduit les riches à la misère.

Il dit à l'aveugle : Vois; et au sourd : Entends, et le miracle s'accomplit.

Il rend esclave l'homme libre, et donne au serf la liberté.

Il donne la joie à celui qui pleure,
Et les larmes à celui qui rit.

Tour à tour il élève, il détruit; il unit, il brise les mortels dont il fait ses jouets.

Il fait accomplir les actions les plus nobles et commettre les crimes les plus noirs.

Il brûle, il séduit, il commande, il entraîne, il est dieu, enfin, il est l'amour.

L'amour a son aurore, son soleil, sa brune et sa nuit ; heureux ceux qui ne voient que le soleil de l'amour !

Les femmes seules savent aimer.

L'homme qui veut aimer ne doit avoir qu'une seule ambition, c'est de plaire à l'objet aimé ; mais, s'il veut acquérir de la gloire ou seulement de la richesse, il ne sait plus aimer ; car l'amour, *ce dieu léger,* est au contraire un dieu fort sévère auquel il faut tout donner, son talent, sa jeunesse, sa fortune et soi-même.

Mais il n'y a qu'un nombre infiniment petit d'hommes assez grands pour se sacrifier sur l'autel de ce dieu jaloux.

Il y a cependant une femme dans toutes les actions humaines.

Tel qui est ou sera ministre, général, ambassadeur ou millionnaire, ne doit ou ne devra réellement son élévation qu'à une femme, car on veut toujours mettre la femme que l'on aime sur un piédestal de marbre ou d'or.

En Angleterre et en Russie on aime peu.

2

En France et en Allemagne on aime beaucoup.

En Espagne et en Italie on aime passionnément.

En Turquie, ce pays de la traite des blanches, on n'aime pas du tout.

Les femmes sont généralement coquettes et les hommes trompeurs ; mais il est si doux parfois d'être trompé, qu'on se le pardonne mutuellement.

L'amour a besoin de mystère, d'ombre et de silence.

Il doit être savouré dans les champs, au fond des bois, loin du monde.

La solitude à deux est la somme la plus complète de toutes les joies et de toutes les félicités humaines.

On a beaucoup ri de : « *Une chaumière et ton cœur,* » et c'est pourtant le premier mot que l'amour fasse jaillir de deux lèvres aimantes.

L'amour a ses heures favorables qu'un amant doit saisir.

Il y a en amour certains *oui* qui signifient *non*, et de grands *non* qui veulent dire *oui*.

L'homme n'aime réellement qu'à vingt-quatre

ans. Avant il acquiert le langage, l'expérience de l'amour.

On a la gaucherie qui plaît aux gens blasés, ou la hardiesse et la témérité qui chassent et effraient le véritable amour.

Il n'y a qu'un seul amour dans la vie. On le cherche souvent bien loin, on l'a près de soi.

Si vous n'avez pas la foi, vous n'êtes pas digne d'aimer, car l'amour est une religion.

L'amour est presque toute l'existence de la femme. C'est à la fois son principe, sa séve et son parfum.

La femme la plus sotte sait toujours aimer, et l'homme le plus spirituel sera quelquefois un bien pauvre amant.

L'homme qui n'aime pas est incomplet.

L'amour est un sceau divin, il ennoblit et purifie tout ce qu'il touche.

Tout est amour dans le grand poëme de la création. L'homme, l'oiseau, l'insecte, tout aime ici bas.

L'amour est le lien des familles, des peuples et de l'humanité. Tous les préjugés de naissance, de sang, de religion, de race, de peuple, de famille, de position, s'effacent devant l'amour.

On préfère certaines heures du jour ou de la nuit, certaines ombres, certains soleils, certaines villes, certains quartiers, certaines fenêtres, certains airs, certains parfums, certaines couleurs : c'est que dans ces préférences il y a le souvenir de l'objet aimé.

L'amour aime les obstacles.

Rien de plus subtil que le langage de l'amour.

Un regard, un geste, un sourire, un serrement de main, une fleur, un ruban, une boucle de cheveux, savent ouvrir les plus lourds verrous, aveugler les plus clairvoyants geôliers.

Ceci étant une *Grammaire*, je vais suivre le système adopté par Messieurs de l'Académie (découvrons-nous) et classer cet opuscule en dix chapitres, savoir :

Le *substantif*, l'*article*, l'*adjectif*, le *pronom*, le *verbe*, le *participe*, l'*adverbe*, la *préposition*, la *conjonction* et l'*interjection*.

GRAMMAIRE

DE L'AMOUR

CHAPITRE PREMIER

LE SUBSTANTIF OU NOM

Le *substantif* est le nom de l'objet aimé.

Dans la grammaire de l'amour, il y a principalement des *substantifs propres*.

Il est vrai qu'il y a des *noms propres* qui ressemblent à des *noms communs*, comme Marie, Louise, Julie, Pierre, Charles, Jean.

Tandis qu'il y a certains noms qui frappent rarement l'oreille et qui ne sont connus que de *lui* et d'*elle*, comme Angélique, Nathalie, Elvire, et Raoul, Lucien, Léo.

Le nom est, je crois, pour beaucoup dans l'amour.

Tel qui va aimer une femme à la folie, s'il l'entend appeler Toinette, s'enfuit épouvanté ou tombe à la renverse; si c'eût été Antoinette, il se serait peut-être agenouillé devant elle.

Pourquoi aussi ne choisit-on pas son parrain?

A propos de ce pourquoi, le hasard ne joue-t-il pas un grand rôle dans l'amour?

Je ne descends pas un escalier, je n'entre pas dans une église, dans un théâtre, dans un bal, dans un passage, dans une rue, dans un magasin, dans un wagon, voire même dans un bureau de tabac, sans me dire tout bas : Tu vas peut-être devenir amoureux...

Aussi devrait-on toujours avoir le cœur pris à l'avance.

Ceci me rappelle un mot.

Un artiste demandait l'autre soir à la belle Marie D... s'il y avait pour lui une toute petite place dans son cœur.

— Il est *complet*, lui répondit-elle en pirouettant, *complet* comme un *omnibus*.

— Ah! mon Dieu! dit notre amoureux, me permettrez-vous d'attendre mon tour sur *l'impériale* de l'amitié.

— A une condition, répondit Marie, c'est qu'entre nous il n'y aura pas de *correspondances*.

Il y a des noms qui sont comme des ironies

vivantes clouées à notre individu. Mon porteur d'eau s'appelle Alfred, mon coiffeur Néron, ma boulangère Élisabeth Dautriche, mon propriétaire, M. Ledoux. Un de mes amis, auteur dramatique fort célèbre, s'appelle Bouillabesse (et il est du Puy, cependant), ce qui le force à user du pseudonyme.

J'ai connu une négresse qui s'appelait Blanche ; elle avait été rosière à Cuba, gouvernante de deux jeunes miss à Londres, et vendait, en dernier lieu, des bâtons de sucre d'orge aux Folies... (non dramatiques).

Entre parenthèses (le bâton de sucre d'orge est le bâton de vieillesse des Madeleines).

Je rouvre la parenthèse (il devient aussi parfois leur bâton de maréchal).

Il y a des noms prédestinés en amour.

Ainsi les Oscar, les Arthur, les Gustave, sont les enfants gâtés de la victoire, et les Isidore, les Nicolas, les Anastase, en sont les tristes victimes.

Je n'ose en citer d'autres, je crains de faire saigner les blessures de ces pauvres patients.

Les noms en *a* sont généralement fabriqués au 13e arrondissement, et presque toujours appartiennent aux fleuristes et coquettes grisettes.

Les noms en *mann* appartiennent au respectable corps des créanciers et sont généralement cordonniers, tailleurs, minautorisés, concierges et allemands.

Je conseille à ces tristes descendants de la blonde Germanie d'éviter les cousins... germains.

Les noms en *i* sont presque toujours chanteurs ou fumistes; ils portent assez souvent la guitare en sautoir, fument la cigarette, aiment la *luna vaga*, font des sérénades et se nourrissent de macaroni.

Les noms en *or* sont l'apanage des princes de la finance et du théâtre.

L'or attire l'or, a dit le poëte.

On voit les uns le soir au boulevard du Temple, et les autres à la coulisse de l'Opéra (ou dans les coulisses).

Ces heureux élus sont entourés d'un brillant cortége de courtisans, d'amis et d'amies.

Le jour, ils se reposent dans les boudoirs roses ou bleus du quartier Saint-Lazare.

Leur royaume s'étend de la Chaussée-d'Antin à la barrière Blanche, et Breda-Street en est la rue capitale.

Il y a des femmes qui ont des noms d'hommes.

Et *vice versa*.

Les femmes qui portent des noms masculins devraient être concierges ou invalides...

Et les hommes féminisés par le baptême devraient mourir nourrisseurs ou marchands de plaisirs.

Il y a aussi des noms qui n'ont pas de sexes, comme Désiré, Dieudonné.

C'est fort embarrassant.

On ne doit, en aucune circonstance, prononcer le nom de la femme qu'on aime ; c'est la consigne, le mot d'ordre de l'amour. Le soldat enrôlé sous les drapeaux de Cupidon doit être muet comme un Spartiate.

La discrétion est la première et peut-être la seule qualité de l'amour.

En vertu du proverbe : « Péché caché est à demi pardonné. »

On n'oublie jamais le nom de celle que l'on aime.

Le nom est ce qu'il y a de plus saint et de plus sacré dans l'amour.

Il y a des femmes qui ont des noms de fleurs, ils sont même assez communs, et cependant ils plaisent toujours.

Qu'y a-t-il en effet de plus doux que le nom de Rose ?

Quelle fraîcheur printanière, quel parfum, quelle innocence exhale ce nom !

Seulement les auteurs en abusent trop, et j'ai

entendu chanter trop souvent, avec ou sans bémols :

N'effeuillez pas les marguerites !

Un malheur, c'est de rencontrer deux amies qui portent le même nom, car il est fort difficile de ne pas faire de comparaisons...

Et les absents n'ont pas toujours tort.

Il y a au Marais, dans quelques quartiers bourgeois, dans la banlieue et dans une foule de villes de province, des petits noms créés par l'amitié, qui finissent par usurper les noms propres.

C'est généralement :

Mon Mouton blanc, mon gros Chat, ma petite Nini, ma Louloutte, mon Dodor, ma Biche, mon Poulet, etc., etc.

Ces noms ne peuvent-ils pas devenir nos *substantifs communs?*

Dans notre Grammaire de l'amour, nous avons des *substantifs composés.*

Ils sont naturellement des *deux genres.*

J'ai nommé :

Héloïse et Abeilard,

Héro et Léandre,

Paul et Virginie,

Juliette et Roméo, etc., etc.

Et, de nos jours. . . . .

. . . .

Qu'allais-je faire, mon Dieu ! j'allais écrire deux noms de collaborateurs dramatiques.

RÈGLES GÉNÉRALES DES SUBSTANTIFS

Le *masculin* s'accorde avec le *féminin*.

Il y a cependant quelques *exceptions*.

Les *substantifs masculins* s'accordent entre eux lorsqu'ils ne sont pas séparés par des *féminins*.

Exception : Il y a des *substantifs* masculins qui s'accordent avec *deux* et même *trois substantifs* féminins.

Dans ce cas, le premier *substantif* féminin est complément direct ; les autres deviennent compléments indirects.

Nota. Ces règles et cette exception s'appliquent également aux deux genres.

Les *substantifs* masculins commandent aux féminins, mais sont parfois leurs esclaves.

Ce sont des rois fainéants qui règnent sous le gouvernement de leurs premiers ministres.

Les *substantifs* des deux genres sont toujours très-*variables*.

L'illustre grammairien X... disait que de l'accord parfait des *substantifs* masculins avec les féminins naîtrait le bonheur universel.

Il ajoutait judicieusement que, si la désunion régnait entre les deux genres, on verrait bientôt la fin du monde.

CHAPITRE I

L'ARTICLE

J'ai à faire un article assez difficile.

Car le lecteur intelligent sait que, dans les grammaires, l'ARTICLE est le plus court et le meilleur des chapitres.

Cette page doit donc être comme l'existence de l'épicurien : courte et bonne.

Aussi suis-je inquiet de l'avenir de mon *article*.

Jetons cependant un coup d'œil autour de nous, et nous verrons ici-bas chacun faisant l'article.

Depuis l'auteur qui dit au directeur : « Prenez

mon ours! » jusqu'à l'artiste qui inventa la crinoline et qui dit : « Prenez mon coton, » tous font l'article.

Un descendant du grand Gaudissart disait en riant :

« Je ferai l'article jusqu'à l'article de la mort. »

Il est vrai que l'article vient peut-être de l'art, et qu'écrivant pour les amoureux je devrais mépriser ce qui ne vient pas directement de la nature, mère de l'Amour, comme dit le philosophe; mais est-il bien sûr que l'article vienne de l'art?

Je consulterai un mandarin lettré de mes amis, qui m'édifiera complétement à ce sujet.

Ce qui plaide le plus en faveur de l'article, c'est qu'il est le plus galant, le plus aimable, le plus chevaleresque même des mots qui composent le discours.

Il n'y a qu'un article.

Vous le savez tous, c'est l'article : *Le*.

Vous savez aussi que, sans hésiter, *primo visu*, suivant l'inspiration dont son cœur l'a doué, il porte immédiatement les couleurs de sa belle.

Il est séduit au premier regard,

Enflammé à la première étincelle.

Il perd sa personnalité.

Il s'unit au substantif féminin, avec lequel il s'accorde.

Il est métamorphosé, enfin ; mais il ne perd pas au change,

Car le vil insecte : Le,

Devient le papillon azuré ou blanc : La,

Nom beaucoup plus doux, qui réjouit l'oreille et le cœur.

Je suis obligé de vous parler de l'*élision*, cher lecteur, et un peu aussi de la *contraction*.

L'ÉLISION

L'*élision* est une des plus douces propriétés de l'amour.

Quoi de plus beau, en effet, que l'*élision?*

Il n'y a même pas d'amour sans véritable *élision.*

Oui, vivre l'un pour l'autre, noyer son âme dans un océan de délices, c'est-à-dire la verser entièrement dans l'âme de l'objet aimé, former avec lui un lien, un nœud, une union tellement étroite, qu'il n'existe plus qu'une seule pensée, qu'une seule vie, qu'un seul être : voilà ce qu'on appelle, dans ma Grammaire, l'*élision*.

Moi qui aime à refaire l'étymologie des mots, je changerais volontiers celle de l'*élision* de cette manière :

L'*élision*, qui nous conduit au vrai bonheur, doit venir du mot *Élysée*, qui, vous le savez, était le paradis des anciens;

Ou encore des Champs-Élysées (longue avenue), où l'amour réside sous chaque tilleul, sur chaque fauteuil, dans chaque équipage; et que de tilleuls! que de fauteuils! que d'équipages, n'est-ce pas? sans compter les marronniers et les coupés!

Ou encore de toute cette foule d'Élysées, vrais temples de l'Amour, qui entourent Paris comme une ceinture de jeunesse : Élysée Montmartre, Élysée Ménilmontant, Élysée des fleurs, etc., etc.

Je me berce de l'espoir que le lecteur ou la lectrice, tous deux amis de la gaieté et du plaisir, connaissent ces délicieux bals champêtres où l'on rit, où l'on cause, où l'on boit, où l'on fume, où l'on saute, mais où l'on ne danse presque pas.

Un jour de pluie, pourtant, j'ai vu des couples charmants qui pirouettaient d'une façon fort grotesque et trouvaient le moyen de faire à peu près les figures d'un quadrille, dansant avec leurs parapluies ouverts.

Il y avait bien quelques ombrelles, quelques *marquises*, quelques *grisettes* aussi ; mais quel bon quadrille que ce quadrille aux parapluies ! On aurait cru voir les habitants d'une autre planète, qui étaient venus nous visiter en sautillant sous leurs parachutes.

Il ne faut pas confondre l'*élision* avec l'*illusion*.

L'illusion est un bandeau rose qui est l'arme la plus favorite de l'amour.

L'amour a besoin d'un peu d'illusion.

Du jour où vous avez arraché la dernière feuille de l'illusion, l'amour est déraciné de votre cœur, disait un herboriste.

Un mot sur la *contraction*.

LA CONTRACTION

Contraction peut fort bien signifier : habitude; aussi l'emploierons-nous dans ce sens.

La *Contraction* est la petite-fille de l'Amour.

Car sa mère, l'*Attraction*, naquit, vous le savez, de ce dieu malin.

L'*attraction* est cette force inconnue qui nous entraîne vers un objet avec amour.

C'est pourquoi on a fait le mot : aimant.

Si l'aimant attire le fer, l'homme aimant, ou la femme aimante, doit, par la force d'*attraction*, attirer près de soi l'objet de son affection.

L'*attraction* est le thermomètre de l'amour.

Cette *attraction* devient une véritable *contraction*.

On est toujours réunis.

On ne peut plus se passer l'un de l'autre.

On contracte à la fin un bon mariage par-devant notaire.

Nota. On n'a pas toujours un notaire sous la main, ni une mairie entre cour et jardin.

Remarque. La *contraction* a parfois des suites fâcheuses ; mais il n'y a pas de médaille sans revers.

CHAPITRE III

L'ADJECTIF

Tout ce qui a du rapport avec l'objet aimé est un *adjectif*.

L'homme lui-même n'est qu'un véritable *adjectif*.

Je suis effrayé de la tâche que je vais entreprendre en touchant à ce vaste sujet, et réclame à l'avance l'indulgence de mes lecteurs, si je ne fais qu'esquisser ce qui doit être dépeint largement.

Ainsi le pays qu'elle habite,

La maison qu'elle occupe,
Sa chambre, sa chaise, son éventail,
Sont des *adjectifs*.

Et ses yeux, sa bouche, son pied, ses beaux cheveux, sa taille élégante, sont encore des *adjectifs*.

Sa voix est un *adjectif*.

Et son piano, son air favori, son jardin, ses gants, son mantelet, sont toujours des *adjectifs*.

Ce qu'on aime le plus dans les femmes, c'est toujours l'*adjectif;* et, quand on a perdu la femme que l'on aimait, ne se la rappelle-t-on pas avec bonheur quand, même après dix années, le hasard offre à vos regards un de ses *adjectifs?*

Il y a aussi des femmes qui ont des *adjectifs* si mignons !...

J'ai connu un *adjectif* en satin rose garni de blanc.

Il peut tenir dans une main.

Elle me l'a donné un soir en rentrant du bal, je le conserve précieusement.

C'est un soulier orné de rubans qu'aurait envié Cendrillon.

Il y a, par exemple, des femmes qui ont des *adjectifs* hargneux.

Ce sont leurs maris parfois.

Souvent leur concierge.

Quelquefois leurs kings-charles.

Trois êtres envieux et jaloux qui n'ont pas été assez analysés et qui restent dans le domaine des *adjectifs indéfinis*.

Il y a des *adjectifs* devant lesquels on devrait s'agenouiller.

Il y a des *adjectifs* que l'on aperçoit immédiatement, ce sont des *adjectifs communs*.

En province, surtout, on connaît assez vite ces *adjectifs* féminins :

C'est l'éternel châle de l'Inde,

Ou l'infernal boston de la tante,

Ou les nerfs inexorables qui reviennent aussi régulièrement que la pluie et le beau temps, ce qui devient fort monotone.

Dieu vous garde de ces maudits *adjectifs*.

J'ai connu une Anglaise qui avait un *adjectif* terrible!...

Figurez-vous, lecteurs,
Une femme charmante,
Blonde, œil bleu,
Blanches petites dents,
Bouche plus petite, si c'est possible,
Taille souple et élégante,
Mains et pieds aristocratiques,
L'air Clarisse Harlowe,
Enfin, une foule d'*adjectifs* fort séduisants.

Une dernière qualité que possédait ma charmante lady, elle ne prononçait jamais le mot : *Shocking ;*

Mais !...

(Il y a un mais) elle ne vivait que de thé :

Du thé dans son lit ;

A neuf heures, du thé ;

A onze heures, du thé ;

A deux heures, du thé ;

A cinq heures, du thé ;

Du thé toujours, toujours du thé !

Elle aimait certain *adjectif masculin*, mais elle adorait le thé ; aussi ai-je pris en haine cet implacable ennemi d'outre-Manche.

Mais quelquefois votre bonne étoile vous fait découvrir un *adjectif* féminin.

Heureux, trois fois heureux celui qui rencontre certains *adjectifs.*

Ces sources enchanteresses, ces divins paradis, ces célestes ombrages, ces oasis mystérieuses dans le désert de la vie,

Et ces sourires, ces mots inarticulés, ces regards voilés et brûlants qui n'existent que pour vous seul, que vous seul avez fait naître, souvent,

Sont des *adjectifs* bien dangereux.

Mais qu'il est doux de braver certains dangers !...

Et quels délicieux *adjectifs*,

Que toutes les grâces de l'esprit féminin et toutes les qualités dont son cœur est doué!

Toutes ces attentions charmantes, ces soins affectueux,

Ces mille et un riens qui vous séduisent et vous entraînent,

Sont d'adorables *adjectifs qualificatifs*.

Un serrement de main,

Une bague,

Un baiser,

Sont les meilleurs *adjectifs demonstratifs*.

Un rendez-vous, quelque innocent qu'il soit, est toujours un *adjectif déterminatif*.

Il y a certains *adjectifs* créés par d'habiles artistes, qui essaient de remplacer ceux dont vous êtes privés.

Ces *adjectifs*, dont il faut se méfier, ami lecteur, sont des *adjectifs artificiels*.

Qui s'arrondit en formes gracieuses sur nos brillants trottoirs? C'est l'*adjectif-crinoline*.

Qui resplendit comme deux rangées de perles fines et garnit l'alvéole de ce fruit savoureux qui ressemble à la cerise? C'est l'*adjectif-râtelier*.

Et ces belles tresses dorées où glissent vos regards et vos doigts amoureux, jaloux du soleil et de la brise? C'est l'*adjectif-natte*.

Que d'*adjectifs artificiels*, bon Dieu! répandus sur notre triste planète!

Un beau jour, dans les annales de l'amour, c'est le jour où, au lieu du mot de : Monsieur, elle dit : Mon ami.

C'est le beau jour de l'*adjectif possessif.*

L'amour seul a fait le miracle de l'*adjectif numéral.*

Car de deux substantifs il n'en fait plus qu'un seul.

Les plus grands *adjectifs numéraux* sont :

Un premier amour,

Et un premier baiser.

CHAPITRE IV

LE PRONOM

Il est fort difficile de *remplacer l'objet aimé.* Il y a pourtant certains *pronoms* qu'une veuve inconsolable finit par trouver, — et qu'un galant homme sait faire naître, car, vous le savez, le *pronom* tient la place du *nom;* et, comme tout ici-bas, même l'amour, est éphémère, il faut quelquefois remplacer l'objet perdu par un *pronom personnel.*

Un pronom qui est loin d'être personnel ou unipersonnel, un pronom qui remplace l'objet aimé ou du moins qui en fait métier, et qui se rencontre trop souvent dans le monde et au théâtre, c'est Crinolina.

Il a posé hier devant mon daguerréotype, et, ma foi, je vais vous faire son portrait d'après nature.

Amis, lecteurs, saluez!...

Voici le pronom Crinolina.

LE PRONOM CRINOLINA

Saluez Crinolina, petite-fille de Ninon, nièce de Marion, cousine de Frétillon, filleule de Lisette et sœur de Lison.

Saluez la souris (l'héritière du rat).

Saluez Pomaré, *reine* des bals champêtres, publics, travestis, de jour, de nuit, d'été et d'hiver.

Saluez la princesse Varsoviana, duchesse de Redowa, vicomtesse Mazurka, et baronne Polka.

Saluez l'ex-chanteuse, l'ex-poseuse, l'ex-brunisseuse, l'ex-pianiste, l'ex-choriste, l'ex-modiste, l'ex-carabine, l'ex-écuyère, l'ex-grisette ; saluez la biche Crinolina, le plus grand des *pronoms relatifs.*

Que de transformations, que de changements, que de chrysalides dans ce camellia-caméléon, avant d'être une sérieuse Crinolina, une Crinolina qui va au bois, qui a sa loge à l'Ambigu, son Arthur protégé, son *lord-protecteur* et son petit hôtel, une Crinolina bien crinolinée, une Crinolina véritable et non une Crinolina de chrysocale.

Que de déménagements! Que de quartiers divers Crinolina a visités!

Elle a planté sa tente dans tous les bons et dans tous les mauvais quartiers de la capitale.

Elle a traversé, — comme une hirondelle. — la mansarde de la rue Saint-Denis, — le petit hôtel meublé de la rue Racine, — le colombier de la rue Pigale, avant de transporter ses lares dans ses riches salons de la rue de Provence.

Combien de bouquets de violettes, de roses et de pensées se sont flétris dans ses petits doigts mignons *quand même!*

Que de serments ses oreilles frivoles ont entendus!

Que de rendez-vous cette bouche moqueuse a donnés!

Quels drames et quels vaudevilles ce petit être frêle et délicat a fait naître!

Que de larmes et que de rires!

Que d'amour et que de sang!

Oh! la vie de Crinolina, quel livre!

Quelles pages horribles ou bouffonnes! Quels contrastes!

Quels soleils et quelles ténèbres! Quels enfers et quelles joies!

Quels *Te Deum* et quels *De profundis* de l'amour!

Et dire qu'il y avait une femme dans Crinolina!

Le nectar est devenu le poison; — la franchise, le mensonge; — l'ange, un démon; — Marie, une Madeleine; — la rose, *un camellia!* . . . .
. . . .

Crinolina! drôle de nom, n'est-ce pas? mais il représente un genre bien plus drôle encore dans la famille des Mohicans de l'amour.

Crinolina ne s'est pas toujours appelée ainsi, on l'a connue longtemps sous le nom de Francine.

Mais sa mère l'appelait Françoise jusqu'à l'âge de dix-sept ans, où commença la première *incarnation* de la jeune fille.

Le sobriquet de Crinolina fut donné à Francine par un journaliste, dans un souper, un soir où l'on faisait des mots.

C'était à l'époque de l'invasion de la crinoline.

Ce nom lui est resté, et tout *Lorette-City* la

connaît sous ce pseudonyme caractéristique et vaporeux comme elle.

Crinolina a vingt-cinq ans.

Quand elle est dans sa loge aux Folies-Nouvelles, — voire même à l'Opéra, — elle paraît en avoir dix-huit.

Et, chez elle, le matin, avant la visite du coiffeur, elle en paraît trente-deux, hélas !

O maquillage, voilà de tes *traits !*

Crinolina se fait des yeux magnifiques,

Une bouche ravissante,

Une taille de guêpe,

Des cheveux et des dents impossibles.

« Le faux peut quelquefois n'être pas vraisemblable. »

Elle veut être belle, elle veut plaire surtout, elle y met tant de bonne volonté, qu'elle y parvient. A quel prix ? à tout prix !

Crinolina *possède* un léger défaut ! C'est sa voix.

Oh ! sa voix, c'est sa bête noire, son cauchemar, comme elle l'appelle.

Pourquoi a-t-elle une voix enrouée, un timbre sourd, une parole saccadée, fiévreuse presque ?

Pauvre Crinolina ! elle avait la voix fraîche et suave pourtant.

Elle chantait comme une petite fée, autrefois.

Elle chantait trop bien, hélas !

Mais la voix se brûle devant la flamme du punch, elle se brûle au feu du cigare.

Quand elle ne se glace pas à la fraîcheur des grands arbres d'Asnières, sur le lac du bois de Boulogne, sur la terrasse de Musard, ou dans la calèche humide de brouillard, qui la ramène au matin du bal.

Et puis ces chansons *franc-boisées*, avec accompagnement de couteaux sur les verres, ça use, n'est-ce pas, Crinola ?

Aussi sa voix est-elle bien rouillée et *verrouillée* aujourd'hui!

Crinolina a des qualités pourtant, presque des talents.

Elle est musicienne. (N'a-t-elle pas été quelquefois sous-maîtresse dans un pensionnat!)

Crinolina peint aussi.

Elle calcule comme un boursier,

Connaît plusieurs langues,

Et tire les armes admirablement.

Crinolina est, de plus, un grand diplomate.

Elle sait donc un peu de tout et paraît très-forte au premier abord.

Le pourquoi de sa science est bien simple.

Crinolina a beaucoup *promis*, elle a *tenu* beaucoup.

Et *retenu* davantage, si c'est possible.

Elle connaît l'humanité sur le bout du doigt.

Elle a eu des jours de misère immense et de richesse infinie.

Philosophe comme une fille de l'ancienne Grèce, elle rit des caprices du sort, et change souvent sa porcelaine de Saxe contre le verre d'un bohème.

Cependant elle est crédule comme une paysanne; — croit à la bonne aventure, se fait tirer les cartes, et n'entamerait pas une affaire le vendredi.

Elle aime les petits-fours, — le champagne, — les sucres d'orge, — les cachemires d'*Oude*, — les artistes par goût, et les financiers par nécessité.

Elle porte les toilettes les plus bizarres, et leur imprime un je ne sais quoi, qui n'est ni le bon goût, ni la grâce, ni la désinvolture, c'est ce qu'elle appelle le..... *chic*.

Autrefois petite ouvrière dans les modes, c'est elle qui les gouverne aujourd'hui.

Son sceptre est une ombrelle, sa couronne une capote de satin rose, et son manteau royal un cachemire noir à larges bandes d'or.

Elle a la *nonchalance* de la cigale unie à la ruse de la chatte.

Elle avait un cœur, mais un sergent le lui a *soufflé*, aussi méprise-t-elle souverainement la plus laide *moitié* du genre humain.

Elle n'aime pas le spectacle, mais elle adore le théâtre.

C'est là qu'elle étale toutes ses richesses,

Qu'elle fait parade de toutes ses beautés,

Qu'elle lorgne avec audace le premier rôle.

Elle *trône* dans sa loge demi-salon, où les beaux du demi-monde viennent lui rendre leurs demi-devoirs.

Crinolina a chevaux, domestiques, hôtel, diamants et protégés.

Et Crinolina meurt presque toujours seule, pauvre, vieille ou folle, sur son grabat ou à l'hôpital,

Quand elle n'épouse pas un châtelain hongrois ou westphalien; — mais, hélas! les châteaux de ces nobles chevaliers sont presque toujours en.... Espagne.

SUITE DU PRONOM

Nul ne fait plus usage des *pronoms* que les infidèles. Il existe aussi des *pronoms démonstratifs*, qui, au lieu de vous faire oublier l'objet aimé, vous le rappellent au contraire.

Il y a d'abord les *portraits*. — Ces miniatures si gracieuses que l'on se donne mutuellement comme gages de tendresse, qui vous font aimer, posséder l'objet que vous aimez.

Oh! les peintres sont les plus grands artistes de la terre! — Le premier peintre, du reste, n'était-il pas un amoureux? et le plus grand peintre, Raphaël, ne nous a-t-il pas laissé l'image de la séduisante Fornarina? — Le soleil lui-même n'est-il pas aujourd'hui le plus fécond des artistes, comme il était le plus fécond des astres? — La lune était autrefois l'astre des amants. C'était à la faveur de son doux éclat que les couples amoureux chuchotaient sous les feuillages.

Mais le soleil s'est levé un beau matin en disant : — Ne suis-je plus le soleil, le roi de la lumière? Assez longtemps mes rayons lumineux ont éclairé les amours des oiseaux et des plantes... Il est temps de briller pour l'humanité! On attend mon coucher pour faire la cour à la pâle lune, mon esclave. — Faisons *un coup d'éclat*, et nous serons chéri. — Jadis les Péruviens m'élevaient des temples, et le Pérou devint le plus riche pays de la terre. Dévoilons-nous aux Français, et la France sera la terre fortunée des amours. Qu'un de mes rayons anime la place qu'occupe une personne; que les traits restent éternellement gravés sur la glace où le visage se reflète! Accomplissons cet enchantement.

Il dit : *Fiat lux!*

Et voilà pourquoi nous avons les *pronoms-Daguerre.*

Il existe certains *pronoms;* ils sont dictés par la pudeur, par la timidité et l'amour; ils ont le pouvoir de faire rougir et balbutier les amants :

Ce sont les pronoms *il, lui, elle!*

Qui ne sait le pouvoir immense qu'exerce le *pronom elle?...*

Elle, c'est l'espérance, c'est la vie...

Elle, c'est l'étoile, c'est le phare, c'est la lumière, c'est la foi.

Elle, c'est votre guide, votre maître, votre seigneur, votre idole.

C'est *elle* qui vous inspire...

C'est *elle* qui allume en vous cette flamme divine de l'amour qui vous transforme en vous purifiant...

C'est *elle* qui fait vibrer votre cœur, qui anime votre âme...

Sans *elle*, vous n'êtes plus rien ici-bas.

Un *pronom* que le gouvernement lui-même favorise, c'est *la lettre!*

Qui remplace mieux l'objet aimé que *la lettre?...*

La lettre, l'esprit, l'âme, le cœur de la personne

renfermé dans une feuille de papier que vous recevez le matin à votre lever.

Qui vous donne la foi quand vous doutez...

Qui vous fait sourire quand vous pleurez, que vous serrez sur votre cœur comme le plus précieux des biens et comme le plus magique talisman... *O lettre!* hostie sainte, tu es le corps et l'âme de l'objet aimé! ô lettre! messagère du bonheur, on te bénit et l'on t'aime.

Il y a un *pronom* que le cœur prononce avec amour. — Il est un des premiers indices de l'amour; il se dit tout bas; — il court, il vole plutôt d'une lèvre à l'autre. — On l'entend avec délices; — on le recueille avec ivresse; — on le répète avec frénésie : — c'est le pronom *tu*. — Il est l'avant-garde de l'amour; — il s'évanouit avec lui.

Quant au pronom *vous*, il a bien ses charmes aussi parfois.

On se le rappelle dans les beaux jours, quand on songe aux distances qui vous séparaient avant l'accord parfait... On s'en sert dans les demi-brouilles, les jours de pluie, de migraine, d'explications ou de jalousie... Il vient quelquefois un jour où il supplante à son tour le *tu* qui l'avait chassé.

Il y a certains *pronoms* qui remplacent les *substantifs* perdus.

Ce sont ces petits anges que Dieu fait naître un jour de soleil. — Ces têtes roses et blondes qui vous sourient et vous retracent l'image que vous n'avez plus.

Ces chérubins que le paradis nous envoie... — Ces charmants *pronoms possessifs*, ce sont nos enfants.

L'amour étant la plus haute expression de l'union de deux êtres,

Le *pronom personnel* et égoïste *moi* est toujours remplacé par le *pronom nous*.

Il y a des *pronoms* que les amants ont inventés :

C'est le *langage des fleurs* ou l'*harmonie des couleurs*.

Tel qui porte un œillet à sa boutonnière, *pronom démonstratif ;* tel qui porte négligemment une cravate aux coins brodés, *pronom relatif*.

Le plus grand des *pronoms*, c'est ce cercle doré qui s'entr'ouvre et qui montre les initiales des amants ou des époux. — Il ne quitte jamais la main qui le possède. — Il résiste à tous les climats, car il est fait du plus pur métal, comme l'amour qui l'a inspiré est le plus pur de tous les sentiments.

On meurt souvent avec lui.

Ce *pronom*, vous le connaissez tous, chers lecteurs : c'est l'*alliance !*

CHAPITRE V

LE VERBE

Le *verbe* est l'*amour* parlé.

Faute de parler, on meurt sans confession, dit le proverbe populaire.

Faute d'avouer son amour, on meurt inconnu, incompris parfois.

Mais heureusement le *verbe* des amours est assez *actif*, il est même fort éloquent...

Le ruisseau a son murmure, — l'oiseau a son chant, — l'homme seul a le *verbe*.

L'homme seul a le pouvoir d'exprimer sa pensée, de se faire comprendre, de pénétrer, pour ainsi dire, à travers une autre âme par la puissance immense du *verbe*...

Le *verbe* est le plus grand des leviers; il dominera un jour le monde! car qui dit *verbe* dit vérité, lumière, génie.

Mais ne nous occupons que du *verbe* léger, le langage des amours.

La *voix* de celle que vous aimez a un accent tellement doux, tellement suave, qu'elle vous trouble, qu'elle vous enchante et vous ravit.

La voix de celle que vous aimez a toujours un écho dans votre cœur. — Écoutez, elle va parler :

Sa bouche, tabernacle du baiser, a dessiné un léger sourire ; — ses lèvres gracieuses s'entr'ouvrent, découvrant deux blanches rangées d'ivoire; — sa langue a fait un léger mouvement... Oh! si vous l'aimez, prêtez une oreille attentive, soyez recueilli, que la moindre parcelle de cette parole sacrée ne vous échappe pas... Percevez toutes ces inflexions de voix, ces nuances délicates, ces mots légers que son âme souffle à votre âme. — Soyez muet, et saisissez cette ombre, cette vapeur de l'esprit, cette source qui vient de jaillir pour vous : le *verbe*. — Avez-vous quelquefois entendu la voix de celle que vous aimez?... la nuit, dans la campagne, quand tout repose ici-bas, excepté la brise folle qui caresse les grands chênes ; assise au piano, près de vous, elle prélude par de savants accords ; puis sa voix, comme une étincelle de feu, s'élance lentement vers les cieux... Mais quel chant, quelle mélodie, quels éclats, quelles gerbes éblouissantes de notes fraîches et pures!... Vous êtes vaincu, n'est-ce pas? vous vous agenouillez avec admiration devant cette madone qui s'est faite femme pour vous aimer, ou devant la femme qui s'est faite madone pour que vous l'adoriez... Bénissons le *verbe*, la langue sacrée de l'amour.

Il y a une quantité de *verbes;* mais le plus doux, le premier, — celui que l'on aime à conjuguer à tous les temps, mais surtout au *présent*, c'est le *verbe aimer*.

L'*espérance*, qui appartient au *futur*, n'est-elle pas la plus grande joie de l'amour, et le souvenir n'est-il pas la consolation du *passé?*

Il est triste d'avoir besoin de l'*impératif* pour se faire aimer!... Ce *temps* est souvent dans la bouche des grands parents; aussi disent-ils en tenant leurs grandes et belles jeunes filles devant eux : Il est riche!... il n'est ni beau, ni jeune, ni spirituel, ni aimable: il n'a aucune qualité, il a même quelques défauts assez visibles : il est avare, il est laid, il est jaloux, il est égoïste, très-égoïste surtout, — mais il est riche !... Épouse-le, aime-le !...

Oh ! l'*impératif* est l'ogre de la jeunesse. — C'est lui qui — brise les rêves ; — il détruit les liens les plus doux pour les remplacer par des chaînes de fer.

L'*impératif*, — c'est le joug, — ce sont les Fourches Caudines sous lesquelles passent et meurent les gais sourires, les fraîches couleurs de la jeunesse.

L'*impératif* a souvent fait naître le *subjonctif* : — Il faut que je me marie, vous écrit-on un beau jour, et le *subjonctif* cruel fait souvent allumer le réchaud du désespoir ou armer le pistolet de l'oubli et du dernier jour.

L'amour a horreur de l'*impératif* et du *subjonctif*...

Il est son maître, — il n'obéit qu'à ses propres lois, et, malgré toutes les difficultés, ou plutôt à cause de toutes les difficultés, il triomphe toujours, brisant toutes les digues, renversant tous les obstacles.

Le *verbe* a diverses nuances.

Il est mobile comme l'onde.

Ne nous est-il pas donné pour exprimer tous les mouvements de notre âme ?

Aussi, que d'inflexions, que d'intonations, que de changements divers!

Il y a le *verbe* doux et le *verbe* rude.

Le *verbe* qui supplie, qui implore, et le *verbe* qui commande, qui gouverne.

Tour à tour grave ou aiguë, gaie ou triste, aimable ou glacée, la voix, comme les yeux, est le miroir de l'âme.

S'il est des voix bien persuasives,

Il y a aussi des silences très-éloquents.

L'amant qui connaît bien le *verbe aimer* sait quel est le pouvoir du *verbe*, la force d'un seul mot, la valeur d'un soupir.

Un *verbe* qui régit assez souvent l'amour qui vient, c'est le *conditionnel*.

Oh! la belle heure que l'heure du *conditionnel!*

Qui dit *conditionnel* dit déjà accord, puisqu'on se fait des *conditions*.

Qu'il est doux d'enlever barrière par barrière, d'arracher une à une, d'effacer graduellement toutes ces conditions, de régner enfin après avoir subjugué toute l'armée des scrupules, des *si*, des *mais*, des difficultés enfin! Les conditions sont discutées de part et d'autre et sont les plus doux apanages de l'amour.

Et d'ailleurs, que penserait-on d'une place qui se rendrait sans conditions?...

Le *verbe* joue un si grand rôle dans l'amour, que le titre le plus ambitionné par l'amant est celui d'un *temps* du verbe.

Il est heureux, le jour où elle dit : Ernest est mon *futur*.

Et la grande question, la question vitale et suprême, ne vient-elle pas du verbe *être*...

Être ou ne pas *être*... *aimé*, voilà la question!

(To be or not to be... loved, *that is the question*.)

CHAPITRE VI

LE PARTICIPE

Le *participe* n'est qu'un véritable *adjectif ;* — seulement il ne faut pas confondre le *participe présent* avec le *participe passé.*

Voyez cet homme : il a l'œil morne et la tête baissée ; sa démarche est gauche, il a l'air d'un renard pris dans un piége ; il marche au hasard en lançant de profonds soupirs.

C'est un *participe passé.*

Celui-ci, au contraire, il a l'œil vif, assuré, la voix haute ; il est bien mis, il a des gants blancs, une rose ou un camellia à sa boutonnière ; ses bottes retentissent sur le trottoir ; il frise ses moustaches avec complaisance, il chante, je crois, un air d'opéra-comique..... J'ai nommé le *participe présent.*

Tout ce qui participe aux amours fait naturellement partie du chapitre des *participes.*

Depuis le riche salon du Café de Paris jusqu'au modeste véhicule à vingt-deux sous (ne pas confondre avec le restaurant et autres cabinets de société)...

Depuis l'ouvreuse de loges à la voix mielleuse, au sourire cauteleux, à la main complaisante, à l'œil discret...

Jusqu'à la concierge à la main légère, à l'œil moqueur, à la langue railleuse et souvent grossière...

Elles sont chacune maîtresses de leurs loges, et vendent bien cher souvent la clef du paradis... perdu.

Il ne faut pas confondre le *participe présent,* qui marque l'instant, le moment où l'action s'accomplit, avec l'*adjectif verbal*, qui marque l'état, la manière d'être générale.

Aussi l'amour, qui ne devrait être qu'un long *adjectif verbal*, n'est-il quelquefois qu'un court *participe présent.*

Et le mariage est souvent un *adjectif verbal* coupé par une foule de *participes présents,* pris comme *compléments indirects.*

Dans l'ancienne comédie, il y avait des *participes présents* qui participaient entre eux de votre bonheur; ainsi Valère et Agnès avaient pour *participes* Frontin et Marton.

Le maître étant amoureux de la jeune fille, le valet devait y participer en aimant la suivante.

Charmants *participes* que ces amours qui se faisaient au salon et dont la doublure reparaissait dans l'antichambre,

Comme l'envers de ces splendides tapisseries dont on voit les nœuds communs et les gros fils.

Aujourd'hui nous sommes plus vicieux et moins francs.

Nous sommes de grands hypocrites, mes frères; nous tenons à l'opinion de notre domestique, et nous le trompons.

Il faudrait payer trop cher cet agioteur... pour ne pas avoir son silence, car, je vous le dis tout bas : il se confesse... à son agent de change.

Je ne fatiguerai pas le lecteur de la nomenclature des *participes* qui existent dans la grammaire, je ferai comme pour le *verbe* et n'en parlerai pas. Citons cependant, avant de clore ce chapitre, ces *participes* qui sont au bout de ma plume et qui veulent folâtrer dans ma grammaire.

Les meilleurs *participes passés*, qui vous rendent *participe présent*, sont ceux-ci :

Être remarqué,

Être choisi,

Être reçu,

Être aimé (*au superlatif*, adoré).

CHAPITRE VII

L'ADVERBE

L'*adverbe* est généralement le langage de l'amour, car l'*adverbe* exprime avec emphase les sentiments.

Il donne une force beaucoup plus grande à l'expression.

Il est créé pour les enthousiastes,

Les amoureux et les poëtes,

Trois fous parmi les sages, ou peut-être les seuls sages parmi les fous.

On aime *follement*,

Tendrement,
Éperdument,
Extrêmement,
Passionnément,
Et même *gentiment*... Oh ! les *adverbes !*

Sans *adverbes*, comment dépeindre cette folie, cette ivresse de l'amour ?

Ce sont les amants, bien sûr, qui ont dû les inventer.

Les *adverbes* ont une grande signification.

Quel bel *adverbe*, et avec quel feu, quelle énergie on prononce le mot : *Toujours !*

Toujours ! c'est-à-dire l'amour parfait, complet, éternel.

Toujours, c'est le chant de l'exilé qui touche au sol de la patrie ;

C'est le drapeau que l'on plante ;
C'est la tente que l'on dresse sous les palmiers ;
C'est le port où l'on s'abrite après l'orage.

Toujours, c'est l'ombre, c'est le calme, c'est le repos, c'est le bonheur.

Il y a un *adverbe* d'abandon, de désespoir, de malheur.

Il est sombre, il est bref, il est sinistre ;
Il brise la raison,
Il étouffe la pensée,
Il glace le cœur !...

C'est l'*adverbe jamais !*

On le prononce rarement, mais on l'écrit. — Il s'élance sur vous comme un oiseau de proie...; il vous effleure de son aile lourde...; il vous empoisonne de son haleine empestée, et soudain vous êtes abattu, victime du plus implacable et du plus impitoyable *adverbe.*

Il ne faut pas confondre l'*adverbe hier* avec l'*adverbe aujourd'hui.*

Car, en amour, un jour c'est quelquefois un siècle, et le roi chevalier a dit :

« Souvent femme varie, bien fol est qui s'y fie. »

Ne remettez donc jamais au lendemain l'aveu ou le rendez-vous que vous désirez la veille, car, dans ce grand steeple-chase de l'amour, une minute vous fait quelquefois perdre la partie, et vous n'aurez pas toujours l'occasion de retrouver la *belle.*

Il est un *adverbe* grave et mélancolique... Il apporte avec lui les souvenirs, les regrets, souvent les larmes ! — J'ose à peine jeter un regard en arrière sur cette côte aride qu'on appelle la vie, et contempler l'*adverbe jadis.*

Car plus nous vieillissons, plus notre cœur se dessèche et se corrompt aux feux impurs de l'égoïsme, de l'ambition, de l'intérêt et de toutes les passions mauvaises.

Et *jadis...*

Nous étions jeunes,

Nous avions la foi dans l'amour;

On nous aimait aussi...

Oh! nos riantes années, où êtes-vous?

Heures charmantes, instants si doux, qu'êtes-vous devenus?

Jadis :

Je la voyais chaque jour...

Où sont nos bonnes causeries du soir? où sont nos projets, nos rêves?...

Jadis :

Nous allions courir dans les bois, dans les champs, dans les blés; nous cueillions ces belles fleurs rouges ou bleues... Elle s'en tressait une brillante couronne, qu'elle mettait sur sa tête mutine et coquette...

Son regard était attaché sur le mien, sa joue appuyée contre la mienne; ma main entourait sa taille légère... Ma bouche, quelquefois... Oh! cruel *jadis*, puisque tu es mort depuis longtemps, puisque tu n'es plus, pourquoi tes cendres sont-elles encore si brûlantes, pourquoi te dresses-tu toujours devant moi? Fantôme qui me poursuis dans mes rêves, image qui m'étais si chère, que me veux-tu aujourd'hui ? Va-t'en!

Va-t'en, mon beau *jadis*, ne me fais pas maudire le présent.

L'adverbe est, comme vous le voyez, un des mots qui ont le plus d'influence en amour...

Ne plus respirer le même air,

Ne plus entendre sa voix,

Ne plus presser cette main divine...

Mais, au contraire, éloigné de ce soleil sans lequel vous pâlissez chaque jour, vous dépérissez comme la plante arrachée du sol.

Telle est l'influence de *l'adverbe loin*.

Mais, quand vient l'heure fortunée de *l'adverbe auprès*, la transformation s'opère tout à coup...

Des torrents de feu et de lumière jaillissent,

On respire la vie à larges flots,

On ne doute plus alors de la Providence...

On est croyant, on est bon, on est *auprès* d'elle, —auprès de l'ange qui éloigne le mal, et dont la présence chérie apaise toutes les souffrances.

L'amour vrai n'emploie jamais *l'adverbe assez*, car il est infini...

Mais il emploie souvent *l'adverbe déjà*.

Quel mot plus charmant et plus flatteur à la fois que ce petit mot de *déjà*...

Qui veut dire :

Combien je t'aime, cher ami!...

Que les heures sont rapides auprès de toi!...

Tu m'as fait oublier le temps en m'enivrant par ta présence!... Et puis, il est le mot qui part du cœur précipitamment, il suit la pensée sans réflexion... — Il est dit, on voudrait même quelquefois le retenir, mais il n'est plus temps.

Il y a l'*adverbe* des faibles, des tièdes et des peureux.

Il se dit à l'oreille...

Avec un baiser...

Dans une dernière pression de main!...

Les amants ont toujours peur d'être surpris...

Ils craignent et le jour et la nuit,

Et le soleil et l'ombre,

Et les voisins et les amis, et les parents et les ennemis; et le monde, enfin; aussi murmurent-ils tout bas en se quittant le soir : Il est *tard!*

CHAPITRE VIII

LA PRÉPOSITION

Il n'y a, dans la Grammaire de l'amour, que trois *prépositions*.

Elles représentent les trois phases de l'amour.

Ce sont les *prépositions avant, pendant* et *après*.

Avant l'amour qui vient.

Pendant l'amour qui est.

Après l'amour perdu.

AVANT

Mais les moments les plus doux, ce sont ceux de la *préposition avant*. Qui peut exprimer toutes les joies, toutes les espérances que l'on éprouve *avant !*

Toutes ces ruses du cœur, ces luttes de l'esprit, où le plus fort est souvent le plus faible !

Où vous obéissez au moindre sourire, où vous tremblez au moindre geste, où vous pâlissez pour un mot, pour un regard !

Qu'elles sont belles, les heures de l'*avant !...*

Ces longues heures de l'attente, de l'anxiété, de la crainte !

Vous avez remarqué une femme... elle est fort belle...

Ne le sont-elles pas toutes plus ou moins? et les fleurs qui ont le moins de beauté ont souvent plus de parfums.

Vous l'avez vue à l'église, au bal, à la promenade, que sais-je ! mais vous deviez la rencontrer, elle vous était destinée.

Vous lui avez peut-être rendu un léger service :

Ramassé son livre de prières, son gant ou son bouquet, et vous avez effleuré l'extrémité de sa main gantée ;

Vous avez peut être eu l'immense bonheur de causer avec elle ;

Vous avez obtenu une rose, une pensée de ce frais bouquet qu'elle tient gracieusement dans sa main ;

Vous l'avez entendue chanter ;

Vous l'avez rencontrée dans le monde, à la campagne, aux eaux.

Mais, j'oubliais, vous avez peut-être été élevé avec elle,

Ou serait-elle une voisine charmante, dont les fenêtres sont en face des vôtres ?

Bref, quelle qu'elle soit, vous l'aimez.

Vos yeux et votre trouble vous ont trahi il y a longtemps, pauvre ami... Cet aveu, que vous n'osez prononcer, on l'a entendu mille fois en vous voyant et l'on s'intéresse un peu à vous.

On veut savoir si vous êtes digne d'être aimé.

Le hasard, ce grand protecteur des amants, vous a ménagé quelques tête-à-tête,

Soit dans l'embrasure d'une fenêtre, dans un quadrille peut-être, dans une loge, sur certain divan, dans un boudoir élégant et parfumé, et vous avez remercié le hasard et profité de sa complaisance.

Vous avez parlé concert, pièce nouvelle, dernier bal; puis on vous a fait parler de vos espérances, de vos projets; on a causé de l'amour, on vous a fait passer le petit examen, le baccalauréat ès amour.

Si c'est votre premier amour (et je l'espère),

Vous paraissez gauche, partant vous plaisez;

Vous avez cette *virginité de l'âme*, comme disent ces dames;

Vous êtes bientôt jugé et reçu à ce grand tribunal que possède chaque esprit féminin.

Puis vient le jour des visites et des rencontres:

Vous hasardez quelques lettres, elles sont lues.

Il y a un baiser de donné... Bientôt, c'est pour vous qu'elle va au Bois, chez madame de R..., aux Italiens. C'est pour vous qu'on met cette robe bleue que l'on avait le premier jour, et cette coiffure... N'avez-vous pas déjà, dans certain tiroir, une des fleurs de cette coiffure?... Et cet air favori, pour qui le joue-t-on? si ce n'est pour vous.

Votre baiser est bissé.

Un matin, vous recevez un billet rose, satiné, parfumé, coquet, court, mignon... Un soir...

PENDANT

Le plus grand des poëtes, Dieu, nous a donné l'exemple en étendant sur nous un voile de ténèbres pour dérober nos amours aux regards indiscrets; aussi quel est l'artiste ou le poëte assez hardi, assez téméraire, pour exprimer au grand jour tous ces charmants secrets du boudoir ou de l'alcôve? N'avons-nous pas tous juré d'adorer l'idole en pénétrant dans le sanctuaire, et ne devons-nous pas conserver religieusement au fond du cœur tous les mystères, toutes les joies de l'amour?

Toutes les espérances formées *avant* sont pleinement dépassées dans les trop courts jours du *pendant;* il n'y a plus d'heures, il n'y a plus de jour, il n'y a plus de lendemain : le temps s'écoule rapidement, les instants s'enfuient vifs et légers, et vous ne vous souvenez plus du monde, vous êtes tout entiers à votre amour.

Ensevelis, perdus, cachés dans quelque solitude à l'abri des regards, vous êtes tous deux réunis, vous recommencez chaque jour le grand hymne de l'amour; dans cet accord parfait vous n'êtes plus deux personnes, mais vous avez chacun rencontré cette seconde partie de vous-même, qu'une seconde vue vous faisait pressentir.

Vos cœurs battent à l'unisson, vos mains s'entrelacent et ne se quittent que pour se resserrer plus fortement, si c'est possible.

Bref, c'est un beau rêve!

APRÈS

Il y a presque toujours un réveil... Est-ce le monde, est-ce vous, est-ce elle, qui avez un matin rompu le charme magique de l'île enchantée des amours? Je ne sais, mais vous sentez dans l'air un petit zéphyr blond encore, mais déjà un peu moins tendre... Il y a des symptômes imperceptibles en apparence, mais il y a quelque chose; le lac est troublé, il y a de légers nuages... On vous observe, car malgré vous votre visage a déjà un air de doute, d'inquiétude. Il y a des explications, insignifiantes d'abord, plus vives ensuite; on vous a, je crois, fait un reproche. Un matin, on a les yeux fatigués, on a donc pleuré la nuit dernière... Vous êtes chagrins, mélancoliques; vous êtes contraints, vous n'osez presque plus vous regarder... Cette situation ne peut durer davantage. Un ami commun est venu vous visiter; on vous offre des distractions; vous proposez une partie qu'on accepte; on revoit le monde. Le zéphyr blond se change en un froid de plus en plus moscovite. On se dit « vous!... » demain ce sera « monsieur... » dans quelques jours on se saluera amicalement de la main. — Oh! la vilaine *préposition* que la *préposition après.*

Il y a des amours, chers lecteurs, qui n'emploient que les deux principales *prépositions avant* et *pendant*, et qui ne font jamais le triste usage de la *préposition... après!*

CHAPITRE IX

LA CONJONCTION

Nous voici arrivés presque au faîte de notre édifice... Notre petite *Grammaire de l'amour*, après avoir parcouru légèrement sa route, s'arrêtant aux étapes qui lui étaient tracées, est enfin arrivée au plus beau passage, au chapitre de la *conjonction*.

Entendez-vous ?

Les cloches bourdonnent dans le temple sacré...

Les orgues chantent gravement des hymnes joyeuses.

6

L'encens répand son parfum !...

Il y a des fleurs partout... Les saints du chœur eux-mêmes ont un air de fête, leurs mains sont jointes pour vous bénir, ils vous sourient de leurs doux sourires d'anges ou de martyrs.

Le peuple encombre le parvis du temple...

Voyez toutes ces têtes : comme elles sont animées, comme elles sont joyeuses !...

Les équipages arrivent nombreux et splendides...

Mais voici les dieux de la fête :

Oh ! les beaux mariés !

Elle surtout !

Sa blanche parure et son long voile de fine dentelle, ses fleurs d'oranger gracieusement posées sur son front, l'entourent d'un parfum de candide innocence et de suave pureté.

Une larme, — perle de pudeur, — glisse sur les franges soyeuses et dorées de son bel œil bleu.

Mais un sourire d'espérance et d'amour se joue sur ses lèvres roses.

Le mari est empressé, fier et coquet.

Il a un air de dominer le reste des autres mortels.

Il est si près du bonheur !...

Soyez heureux, jeunes époux...

Que le ciel, qui bénit les saintes amours, bénisse votre union, et qu'il éloigne de vous les tempêtes du cœur! — que l'amour soit votre seul guide!...

Que vous traversiez ensemble et sans troubles cet océan parsemé d'écueils qu'on appelle la vie!

Il est des *conjonctions* moins saintes :

C'est l'amour qui remplace le premier magistrat civil.

Ces *conjonctions*, crées par le caprice, meurent souvent avec lui.

Elles sont aussi parfois tyranniques...

Mais ne l'ai-je pas dit dans un chapitre précédent :

Il n'y a pas de roses sans épines?

Le militaire, l'étudiant, le voyageur...

Ces hirondelles de l'amour,

Font généralement usage de ces légères *conjonctions* où l'on n'a pas à vaincre les *si*, les *car*, les *mais*, *conjonctions* — par trop pensionnaires, disent les gentlemen de ce turf.

Quant à ces *conjonctions* d'un jour, d'une heure...

Ces fleurs éphémères de l'amour...

Elles croissent en général :

Au Pré Catelan,

Chez Musard,

Aux Folies-Nouvelles...

Et en particulier sur presque chaque pavé, sous presque chaque toit, à presque chaque foyer...

De la trop enivrante Lutèce.

Conjonction signifie *union.*

La *conjonction* est donc le but, la raison d'être de l'amour.

Il ne doit pas y avoir d'amour sans *conjonction...*

Pourtant Platon...

Mais ne parlons pas politique, comme on dit au quartier Latin...

Conjonction signifie mariage.

Et, pour ne pas chagriner les époux, je dirai honnêtement, pour gazer la chose :

Il y a quelques *conjonctions* sans amour.

CHAPITRE X

L'INTERJECTION

Quand l'amour nous subjugue au point de nous enlever toute notre science...

Quand notre langue étonnée ne peut même plus prononcer quelques paroles suivies...

Quand nos lèvres ne peuvent plus murmurer que de faibles sons...

Nous nous servons de l'*interjection*.

L'*interjection* est la langue divine et céleste...

Le *verbe* est la langue humaine et terrestre.

Égaré dans ces contrées idéales où l'amour vous entraîne, vous avez oublié et le temps et votre langue; vous ne savez plus rien du monde, sinon que vous l'aimez et qu'*elle* est près de vous. Vous voulez parler, vous êtes muet, et, si un faible son s'échappe de votre bouche oppressée, vous murmurez une douce *interjection*.

L'*interjection*, quelle qu'elle soit, est toujours bien comprise, car elle est, pour ainsi dire, lancée d'une âme à l'autre...

Et les âmes, en amour, se comprennent si bien!

Il y a cependant quelques *interjections* moins puissantes...

Mais les *interjections* servant à exprimer les mouvements de l'âme savent émouvoir.

On est rarement sourd à leur voix.

Le pauvre a l'*interjection*... *Hélas!*

Le distrait, l'*interjection*... *Ah!*

Le dédaigneux, l'*interjection*... *Fi!*

Le mystérieux dit tout bas... *Chut!*

L'homme important vous dira : *Paix!*

Votre maîtresse dit : *Silence!*

L'Anglais, à Paris, avec son col roide, ses favoris blonds, ses jambes longues et sa voix grêle, quand il aperçoit dans les rues de la capitale une de nos charmantes miladies, la lorgne fort maladroitement, se sert de l'*interjection Aoh! Aoh!*

Et, ma *Grammaire* étant terminée, chers lecteurs, si vous n'êtes pas endormis sur votre chaise, votre fauteuil, votre table ou votre oreiller, faites comme moi et prononcez l'*interjection*... *Ouf!*

A MES LECTEURS

Sois franc, Vémar, et rétracte ta dernière interjection *Ouf!*

Pourquoi mentir, pourquoi dire à tes lecteurs que tu es impatienté, fatigué de ta petite *Grammaire de l'amour*, quand au contraire tu n'as jamais eu un si grand plaisir qu'en déroulant sous les yeux de tes lecteurs les *légers* chapitres de ta Grammaire !

Eh bien, oui, chers lecteurs, je veux être franc.

Ce n'est pas la lourde interjection *Ouf!* mais le

charmant petit adverbe *déjà* qui vient sur mes lèvres en prenant congé de vous.

Et quand nous retrouverons-nous maintenant?

Nous étions si bien habitués l'un à l'autre, — moi, du moins.

Je vous connaissais déjà presque tous.

Vous, d'abord, mademoiselle, qui avez lu ma Grammaire, à cause de son titre.

Vous espériez peut-être y trouver *autre chose*, vous rougissez. Voyons, n'ai-je pas eu raison de ne pas l'avoir mis cet *autre chose* que vous cherchiez? La belle affaire si je l'avais écrit en toutes lettres, ce *mystère grammatical*, qui aurait été lu par dix mille personnes! Vous eussiez été contente, n'est-ce pas, si j'avais donné mon *dernier mot* dans ma Grammaire; si j'eusse ainsi crié sur les toits à tous et pour tous certaines *règles grammaticales*, qui ne se disent que tout bas et en tête-à-tête? Mais vous ne m'en avez pas voulu, j'en suis sûr; et, après m'avoir lu en faisant la moue d'abord, vous avez souri au chapitre de l'*adjectif* et vous avez peut-être tourné précipitamment le feuillet à l'adverbe *jadis*.

Quant à vous, mon grave professeur, qui avez

lu ma Grammaire, vous avez haussé les épaules, n'est-ce pas? Mais vous l'avez lue jusqu'au bout, quoique vous n'ayez été ému, il est vrai, qu'au chapitre de la *préposition;* parce que vous en êtes à son troisième alinéa et que vous allez probablement entrer dans le chapitre de la *conjonction,* non de la conjonction légère, mais de cette conjonction sérieuse qui porte l'écharpe, les besicles d'or et la cravate blanche.

Et toi, mon beau militaire, tu as frisé souvent ta moustache fine et brune, tu t'es regardé plus d'une fois devant ce petit miroir que tu as pris à la belle X.; tu t'es rappelé les noms baroques des *substantifs* communs ou des *substantifs* propres dont tu as été quelquefois l'*adjectif;* et pourtant, mon vieil ami, n'as-tu pas, au chapitre du pronom, ouvert le tiroir mystérieux de ton secrétaire, et n'as-tu pas versé une larme sur le *pronom-Daguerre,* qui te rappelle les traits d'une *fidèle,* n'est-ce pas, mais qui n'est plus, hélas! de ce monde éphémère; n'as-tu pas relu avec amour cet autre pronom, la simple et touchante lettre, — pieuse relique, — que t'envoya ta mère à son lit de mort? Tu es un brave, toi, et pourtant tu as pleuré!...

mais aussi, il y a tant de larmes dans le dernier adieu d'une mère. . . . .

. . . .

. . . .

Oui, je vous connaissais tous déjà, mes rêveurs, mes bons originaux, mes gais compagnons de la capitale et de la province, et, quand je me sentais si bien disposé à causer encore avec vous, il faut vous dire adieu, et pas au revoir.

Que faire pourtant ?

Une Grammaire ne contient que dix chapitres, et j'ai *donné* mes dix chapitres, sans compter une introduction que j'ai eu l'audace de présenter tout d'abord à mes lecteurs, qui ne comptaient probablement pas sur cette vieille radoteuse, et qui, par politesse, lui ont fait bon accueil.

Assis sur les ruines de mes dix chapitres, que faire pourtant ?

Je suis comme ce pauvre amoureux de village qui, pour se rapprocher de celle qu'il aime, s'est bêtement laissé inviter à dîner chez elle.

Il est assis près d'elle, il rougit à ses côtés, il prend *son* couteau, *son* assiette, *son* pain ou *son* verre (toujours en se trompant). Il sent aussi, je crois, les petits pieds de la bergère qui trottinent dessous la table, comme deux souris de belle humeur.

Il croit, le malheureux ! dans sa naïveté, que le dîner ne finira jamais ; et, malgré lui, il compte les plats (comme je comptais mes chapitres, moi).

Il est épanoui de joie à la vue de la fameuse soupe aux choux fumante, brûlante et appétissante, qui n'est que le premier plat de ce festin de Balthazar (mon substantif à moi).

Il sourit à la vue des pommes de terre rondelettes, déchiquetées et rissolantes qui coquettent dans le beurre doré ; il fait bien honneur aux gras poulets, aux jambonneaux et à la salade verte ; mais, quand il voit la grave Toinette qui s'avance en se dandinant sur les hanches épaisses, quand il la voit enlever un à un tous les plats et faire reparaître à ses yeux la nappe blanche encore, mais dégarnie de ses ornements, quand il entend le bruit des chaises que l'on dérange en sortant de table...

Il se lève alors, mais avec tant de peine, qu'il manque de tomber dans le manche à balai de Toinette ; il sort son large mouchoir bleu, il essuie les gouttes de sueur qui coulent de son front, il sent que ses pauvres jambes vont se dérober sous lui, mais il entend déjà les voix railleuses des amis qui lui disent :

« Allons, mon garçon, le dîner est terminé, il est temps de partir. »

Et, le cœur gros de chagrin, de larmes contenues, de sourde rage et aussi de beaucoup d'amour,

Il prend son bâton, serre la main au père Jacques et du regard dit un dernier adieu à la belle petite Annette. Il va franchir le seuil... mais qu'est- ce cela ?

Des chants de fête, des cris joyeux retentissent sur la grande place : c'est aujourd'hui la Sainte-Anne! il faut aller danser sous la grange ; telles sont les paroles criées, chantées sur tous les tons par la grande armée des bons paysans, tout fleuris, tout habillés de neuf, tous en fête et en gaieté.

Ils entrent, ils envahissent la grange du père Jacques en sautant et en dansant.

Et mon jeune gars, ne pouvant croire à une si bonne fortune, prend aussitôt le bras d'Annette et lui sert de Valentin; remerciant la Providence, la grande sainte Anne, les paysans et la grosse Toinette.

Et moi, mes bons amis, mon dîner est fini, les dix services sont consommés, mais je ne peux pas, je ne *veux* pas vous quitter; j'attends des amis, des violons, que sais-je! On ne se dira pas adieu sans *danser et rire un brin*, n'est-ce pas? Laissez-moi réfléchir quelques instants et chercher quels violons peuvent nous mettre d'accord.

Dieu soit loué! je les ai trouvés, je ne vous dis pas encore adieu aujourd'hui.

Car moi aussi, j'ai ma fête et mes violons.

Et, si je n'ai pas ma Sainte-Anne, j'ai trouvé autre chose.

Après le dîner la soirée.

Après la Grammaire le Dictionnaire, chose juste, n'est-ce pas?

Et dans le *Dictionnaire de l'amour* vous aurez du nouveau, je l'espère.

Le Dictionnaire, ne l'oubliez pas, c'est la soirée, c'est le bal, c'est le raout, c'est le feu de joie, la valse tourbillonnante ou le galop infernal.

Le Dictionnaire, c'est toujours la Grammaire,

mais c'est une Grammaire revue, corrigée et considérablement historiographiée.

Et maintenant, chers lecteurs, ne nous disons pas adieu, mais au revoir.

FIN.

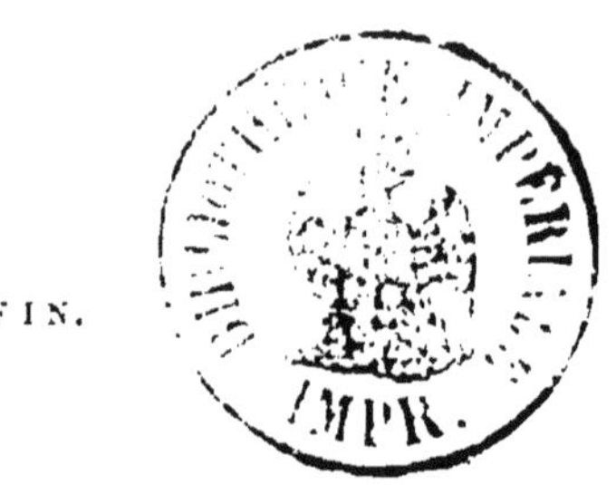

TABLE

PARIS. — IMPRIMERIE DE J. CLAYE, RUE SAINT-BENOIT, 7

LIBRAIRIE D'ALPHONSE TARIDE

DE L'USAGE ET DE LA POLITESSE dans le monde, par Mme la baronne DE FRESNE. 2e édition. 1 vol. in-18. . . . . . 50 c.

NOUVEAU GUIDE COMPLET DE LA DANSE, par M. PHILIPPE GAWLIKOWSKI, professeur de danse à Paris. 1 vol. in-18, avec gravure. . . . . 1 fr.

LE JARDINIER DES SALONS, ou l'Art de cultiver les fleurs, dans les appartements, sur les croisées et sur les balcons, par YSABEAU. 1 vol. in-18, orné de jolies gravures. . . . . 1 fr.

NOUVEAU LANGAGE DES FLEURS, DES DAMES ET DES DEMOISELLES, par Mme la baronne DE FRESNE. 1 vol. in-18, orné de 48 gravures coloriées. . . . . 1 fr.

LE MÉRITE DES FEMMES, poëme, par GABRIEL LEGOUVÉ. Nouvelle édition, par J. ANDRIEU. 1 joli vol. in-18. . . . . . . 50 c.

LE CANOTAGE EN FRANCE, par MM. ALPHONSE KARR, LÉON GATAYES, le vicomte DE CHATAUVILLARD, GILBERT VIARD, LUCIEN MÔRE, EUGÈNE JUNG et FRÉDÉRIC LECARON, membres de la *Société des Régates parisiennes*. 1 beau vol. in-18. . . . . 2 fr.

GUIDE POUR LE CHOIX DES LECTURES DANS LE MONDE, par JULES ANDRIEU. 1 vol. . . . . 1 fr.

L'AMOUR EN CHANSONS, Chants de tous les pays, par JULES ANDRIEU. 1 vol. in-18. . . . . 50 c.

LA GRAMMAIRE DE L'AMOUR, à l'usage des gens du monde, par M. A. VÉMAR. 2e édition, revue et augmentée. 1 vol. in-18. . . . . 50 c.

NOUVEAU DICTIONNAIRE DE L'AMOUR, à l'usage des gens du monde, par A. VÉMAR. 1 vol. in-18. . . . . 1 fr.

NOUVEAU CODE DE L'AMOUR, à l'usage des gens du monde; par A. VÉMAR. 1 volume in-18. . . . . 50 c.

RIEN A METTRE ou **CRINOLINE ET MISÈRE**, poëme de WILLIAM ALTEM BUTLER, traduit par ALBERT LEROY. 1 volume in-18. . . . . 50 c.

LA MORT, par W. FONVIELLE. 1 vol. in-18. . . . . 50 c.

L'ORACLE DES DAMES ET DES DEMOISELLES, par EZÉCHIAS. 1 vol. in-18. . . . . 50 c.

PHYSIOLOGIE DES SALONS DE PARIS, de 1789 à 1859, par LOUIS LACOUR. 1 vol. in-18. . . . . 1 fr.

PARIS. IMP. SIMON RAÇON ET Cie, RUE D'ERFURTH, 1

www.ingramcontent.com/pod-product-compliance
Ingram Content Group UK Ltd.
Pitfield, Milton Keynes, MK11 3LW, UK
UKHW020928180726
13838UKWH00002B/827